L'AMBIGU TRAGIQUE,

PARODIE

EN UN ACTE, ET EN VERS,

*Représentée pour la prémière
fois sur le Théâtre de Lille,
le 3 Mars 1778.*

A LILLE,

Chez P. S. Lalau, Imprimeur-Libraire, près l'Hôtel
de Ville.

AVEC PERMISSION.

MES CHERS CAMARADES.

Cette petite Pièce vous doit tout son succès. Malgré les défauts dont elle est remplie, l'indulgence du Public, et vos soins, l'ont fait réussir. Souffrez que je vous remercie, et que je vous l'offre comme un gage de mon amitié et de ma reconnoissance.

ACTEURS.

GLOUTONOT.

MUSCADIN.

FOUILLEAUPOT.

GILOTIN.

MARGOTINE.

La Scène est aux Porcherons, dans une Auberge.

L'AMBIGU TRAGIQUE.

SCENE PREMIERE.

FOUILLEAUPOT.

ILLUSTRE Muscadin*, comptez fur ma prudence,
Je n'abuferai point de votre confiance,
Je fuis le plus difcret de tous les Marmitons.
Parlez, Prince, parlez. Quel démon vous éveille ?
Qui vous a fi matin mis la puce à l'oreille ?

MUSCADIN.

Le deffein en eft pris, Fouilleaupot, nous partons,
Nous allons pour jamais quitter les Porcherons.
Gloutonot trop long-temps a gouverné mon ame,
Trop long-temps fon pouvoir m'a fait cacher ma flamme,
Il faut dès aujourd'hui qu'elle éclate à fes yeux,
Je ne puis déformais lui déguifer mes feux.
Depuis plus de fix mois j'adore Margotine,
Cet amour exceffif eft né dans la cuifine.
Je te parle en ami. Sur le point de partir,
Je te crois trop prudent pour vouloir te mentir.

---

* Parent du grand Podi, Marmiton fameux dans la Ville de Lille.

A

Vois, quel eſt Muſcadin. Tu n'es pas ſourd, écoute.
Connois notre projet, tu peux croire ſans doute
Que jamais Marmiton ni même Cuiſinier
Ne forma de deſſein plus grand, plus ſingulier.
Par mes nouveaux efforts juge de ma tendreſſe,
J'enlève ce matin la petite Margot.
Mon amour a vaincu mon aimable Maîtreſſe;
Elle fait ſon paquet, ainſi, cher Fouilleaupot,
Si tu veux à préſent me témoigner ton zèle,
Il faut eſcamoter avec moi cette Belle.
Elle conſent à tout, & je crois que ce jour
Verra récompenſer le plus parfait amour.
Voici le rendez-vous: va-t-en, je vais l'attendre.
Si tu peux me ſervir, chez toi j'irai te prendre.

FOUILLEAUPOT.

Employez-moi, Seigneur, & vous verrez au moins
Que l'ami Fouilleaupot a mérité vos ſoins.

Il ſort.

<h1 align="center">SCENE II.</h1>

MUSCADIN, MARGOTINE.

MUSCADIN ſeul.

RIEN ne ſçauroit calmer ma vive impatience,
Ma petite Margot vient partager mes feux.
La voici... La douleur eſt peinte dans ſes yeux.
Que penſer?..

MARGOTINE.

Cher Amant, je perds toute eſpérance

De partir ce matin.

MUSCADIN.

Grands Dieux ! quel embarras
Pourroit nous arrêter & suspendre nos pas ?

MARGOTINE.

Gloutonot est là-bas qui remplit la marmite.

MUSCADIN.

Ciel, ô Ciel !

MARGOTINE.

A l'instant il vient de se lever.
Il faut, si tu m'en crois, retarder notre fuite ;
Si tu m'aimes toujours il faut me le prouver.

MUSCADIN.

Lorsque vous en doutez vous me faites outrage ;
Et vous ?

MARGOTINE.

Je suis toujours pleine de ton image.
Mais hélas ! Muscadin, puis-je compter sur toi ?

MUSCADIN.

Mon amour pour Margot ne mourra qu'avec moi,
Et j'ose prendre ici pour témoins de ma flamme.....

MARGOTINE.

Je ne veux point de toi demander des jurons,
Légers & vains garants des feux des Marmitons.
Ta parole suffit pour rassurer mon ame.
Le plaisir est mon guide, & mon penchant ma loi :
Foule aux pieds la terreur, & sois digne de moi.
Je brave Gloutonot, ma frayeur est éteinte,
Je crains la faim, la soif, & n'ai plus d'autre crainte.

MUSCADIN.

Laiſſons jaſer le peuple, & d'ailleurs l'inconſtant
Approuvera demain ce qu'il blâme à préſent.
Ne redoutons plus rien, pas même la famine,
Peut-on mourir de faim quand on fait la cuiſine ?

MARGOTINE.

Je penſe comme toi; tes nobles ſentiments
Font paſſer dans mon cœur une force nouvelle.
Adieu, ſéparons-nous pendant quelques inſtants.
Je te quitte à regret, mais mon devoir m'appelle.
D'ailleurs je crains auſſi qu'on n'obſerve mes pas:
Pour ôter tout ſoupçon je retourne là-bas,
Et vais me dépêcher d'eſſuyer ma vaiſſelle.

MUSCADIN.

Adieu, Princeſſe.

MARGOTINE.

   Adieu, vers la fin de ce jour
Nous fuirons tous les deux ſur les pas de l'amour.

        Elle ſort.

SCENE III.

MUSCADIN *ſeul.*

Si j'en croyois mon cœur je ſuivrois Margotine,
Mais l'heure malgré moi m'entraîne à la cuiſine.
Je ne veux qu'un moment pour écumer le pot.
Et le reſte du jour ſera tout à Margot.

      Il va pour ſortir.

SCENE IV.

MUSCADIN, FOUILLEAUPOT.

FOUILLEAUPOT.

AH, Seigneur !...

MUSCADIN.

Qu'as-tu donc ?

FOUILLEAUPOT.

Ne peut-on nous entendre ?

MUSCADIN.

Non, parle en fûreté.

FOUILLEAUPOT.

Gloutonot eft là-bas.

Je tremble pour vos feux & je viens vous l'apprendre.

MUSCADIN.

Ne crains rien, Fouilleaupot, je le fçais.

FOUILLEAUPOT.

En ce cas,

Puifque vous le fçavez... je ne vous l'apprends pas.

MUSCADIN.

Que fait-il ?

FOUILLEAUPOT.

Son portrait n'eft pas facile à rendre.

Je ne l'ai jamais vu d'auffi mauvaife humeur,

Je ne fçais quel démon le tourmente & l'agite :

Mais tout-à-l'heure encore il a, dans fa fureur,

Avec un coup de pied renverfé la marmite.

Enfuite il la relèye, & d'un air inquiet

Il y met des oignons, les ôte, les remet.

Puis parlant tout-à-coup de fang & de carnage

Il vole au poulailler... où je l'ai vu, Seigneur,

Egorger fix poulets pour affouvir fa rage....

Pardon, fi ce récit réveille ma douleur ;

Mais moi-même j'avois élevé leur enfance,

Et lorfqu'un fer cruel trahit mon efpérance,

Il doit m'être permis dans ces triftes inftants

De pleurer fur le fort de ces fix innocents.

MUSCADIN.

J'approuve ta douleur. Mais changeons de langage,

As-tu tout arrangé pour notre grand voyage ?

Puis-je compter fur toi ?

FOUILLEAUPOT.

Grand Prince, tout eft prêt.

MUSCADIN.

Que ne te dois-je pas pour un pareil bienfait !

Auffi je te promets...

FOUILLEAUPOT.

Promeffes indifcrettes.

Vous reffemblez, Seigneur, à ces grands Conquérants

Qui pleins du plus beau feu, pour que leurs Confidents

Entendent jufqu'au bout toutes leurs amourettes,

Leur promettent beaucoup, & ne leur donnent rien.

Je n'éxige de vous aucune récompenfe,

Vous pouvez cependant éprouver ma conftance :

Quelque fade que foit déformais l'entretien,

Je vous promets toujours beaucoup de patience,

Sauf à bâiller parfois... Adieu, portez-vous bien.

Il va pour fortir.

MUSCADIN.

Ciel! qu'entends-je?

FOUILLEAUPOT.

Quel bruit! ah, tout mon fang fe glace,
Je tremble, où me fourrer?

MUSCADIN, après avoir regardé d'où vient le bruit.

Diffipe tes frayeurs.

C'eft Gloutonot qui vient... Cédons-lui notre place,
Pour qu'il y puiffe en paix débiter fes fureurs.

Ils fortent.

SCENE V.

GLOUTONOT feul entrant d'un air égaré.

A H! laiffe-moi du moins reprendre mon haleine,
Laiffe-moi, fonge affreux qui toujours me pourfuit.
Hélas! ne vois-tu pas que je refpire à peine?
Laiffe-moi, c'eft affez de m'effrayer la nuit.

Un peu plus tranquille.

Oui, pendant mon fommeil j'ai cru voir ma Maîtreffe
Son paquet fous le bras, & bravant ma tendreffe,
Fuir avec Mufcadin. Ce fonge m'accabloit,
J'étois fans mouvement, lorfque la jaloufie
Déchire mes rideaux, foulève mon chevet,
Se gliffe dans mon cœur, & me perce d'un trait.
L'efprit tout effrayé de cette rêverie,
Je m'éveille en furfaut, je me frotte les yeux,
Et pour me raffurer je defcends dans ces lieux.

SCENE VI.

GLOUTONOT, GILOTIN.

GLOUTONOT.

Que me veux-tu?

GILOTIN.

Seigneur, j'ai pris avec adreffe
Ce petit billet doux écrit à la Princeffe.

GLOUTONOT.

Donne. Qui le portoit?

GILOTIN.

Un de vos Marmitons.

GLOUTONOT.

L'ingrat!... probablement ce font des amourettes.
Que vais-je apprendre? ô Ciel! mais n'importe, lifons...
Permets que pour mieux voir je mette mes lunettes.

Il lit.

„ Ma chère petite Margot, dépêchez-vous de venir me
„ trouver: ne craignez rien pour la vertu de votre inno-
„ cence, croyez qu'il n'y a rien d'impur dans mon cœur
„ ni plus ni moins que deffus ma main. Adieu, je vous
„ attends pour calmer l'embrafement du beau feu qui
„ me brûle. MUSCADIN.

GLOUTONOT.

On fe moque de moi. Qu'en dis-tu?

GILOTIN.

Moi, Seigneur,
J'admire du poulet l'élégante tournure,

Je me fens attendri de fa feule lecture,
Jugez donc des effets d'une fi belle ardeur.

GLOUTONOT.

Moi je me bats les flancs, je m'effaie, & j'efpère
Montrer que je fçais l'art de paroître en colère.
Je veux, puifque j'y fuis, m'en donner tout mon faou.
Toi, mon cher Gilotin, feconde mon délire,
Vole chez Margoton... Puifqu'il faut qu'elle expire,
Qu'au défaut d'un poignard... on lui coupe le cou...
Arrête, il eft trop tôt: dans ma fureur extrême,
Je crois qu'il vaudroit mieux le lui couper moi-même.
Mais avec elle avant je veux un entretien;
Qu'on la faffe venir... Non, fi tu veux m'en croire,
Defcends plutôt là-bas, & d'un coup de lardoire
Je veux que fon Amant.... Non, je ne veux plus rien...
Un fauteuil... Je me meurs... Qu'en dis-tu?

GILOTIN.

C'eft très-bien.

GLOUTONOT après une paufe.

Je pourrois comme un autre employer la clémence
Pardonner à Margot, l'unir à fon Amant.
Belle réfléxion!.. Oui, je veux pour vengeance,
A force de bienfaits punir leur infolence.
Mais que dis-je?.. Grands Dieux!.. Quel trifte dénouement!
Renfonçons dans mon fein cet excès de foibleffe,
Et rentrons en fureur pour prolonger la Pièce.
Hola! Cuiftres, à moi, paroiffez tous ici.

Les Marmitons entrent avec les attirails
de la Cuifine fur l'épaule.

Qu'on cherche Mufcadin, qu'il vienne.

B

SCENE VII.

GILOTIN, GLOUTONOT, MUSCADIN, LES MARMITONS.

MUSCADIN.

LE voici.

GLOUTONOT.

Oui ma foi c'eſt lui-même. Ah, grands Dieux! quelle allure!
Qui ne penſeroit pas, voyant ce ſans-ſouci,
Qu'il renferme en ſon cœur la vertu la plus pure?
Et moi comme un benêt je l'ai cru juſqu'ici.
Mon eſprit eſt ſi plein du courroux qui m'anime,
Qu'à peine ſi je puis encor trouver la rime.
Approche, Marmiton, viens recevoir le prix
De tes lâches forfaits, la honte & le mépris.
Indigne ſéducteur, ton audace eſt extrême
D'oſer me diſputer une fille que j'aime.
Orgueilleux Muſcadin, ſçais-tu bien qui je ſuis?
Connois-tu Gloutonot? crois-tu qu'il t'eſt permis
D'oſer braver ton Chef?.. Si j'étois en colère,
Je t'apprendrois bientôt qu'il faut ſçavoir....

MUSCADIN.

Vous taire.

GILOTIN.

Quel homme!

GLOUTONOT.

Muſcadin, vous êtes raiſonneur,

Refpectez votre Maître, & marquez moins d'humeur.

MUSCADIN.

Mon Maître?.. Ignore-tu, Marmiton téméraire,
Que le perfil rampant au niveau de la terre
Et le poireau hardi, dont le front orgueilleux
S'élève fièrement en menaçant les Cieux,
Rentrent fous ce couteau dans la même marmite.
Les Cuiftres font égaux, & lorfqu'un Marmiton
Sçait fe faire eftimer, fçait illuftrer fon nom,
Ce n'eft pas par fon rang, mais c'eft par fon mérite.

GLOUTONOT.

On reconnoît le mien, & fi la vanité
Me permettoit ici....

MUSCADIN.

    Tu n'es pas ce qu'on penfe ;
Le Cuifinier François fait toute ta fcience :
C'eft là l'heureux foutien d'un talent fi vanté.

GLOUTONOT.

Tu me pouffes à bout : voyons fi ton courage
Sçaura fe foutenir au milieu de l'orage,

A lui-même.   *Gravement.*

Deffinons-nous... Voilà le gage du combat.
L'ofes-tu ramaffer?

      Il jette fon bonnet.

MUSCADIN.

    Non, ce n'eft pas l'ufage.
Venez, mon Confident, rempliffez votre état. *
Mufcade ! il faut voler où la gloire t'appelle.

Le Confident ramaffe le bonnet.

A ta jufte fureur immole Gloutonot:
Trop heureux de venger la petite Margot,
Va, cours, vole & reviens digne de cette Belle.
Marchons, viens, Gloutonot, recevoir le trépas,
Si ce couteau répond aux efforts de mon bras.

GLOUTONOT.

Viens. Ton cœur eft enfin digne de Margotine.
Vous, braves Marmitons, ouvrez la baffe-cour;
C'eft là le champ d'honneur choifi pour notre amour.
Pour toi, fais tes adieux à toute la cuifine,
Car jourbleu! je te vais munir de paffeports
Pour aller aujourd'hui cuifiner chez les morts.

Ils fortent.

SCENE VIII.

GILOTIN feul.

ADieu donc, la valeur les mène à la tuerie,
Ah! vive les héros de la poltronerie.
Qu'ils fe battent tous feuls : par ma foi leurs exploits
Ne peuvent me tenter. Voyez le beau tapage,
Pour une femme encor! Moi je mets le courage
A fupporter les maux, on ne meurt qu'une fois.
Mais je pourrois encor prévenir le carnage,
Courons.... Non je ne puis féparer ces Amants.
Chacun à fa befogne en ces lieux, & la mienne
Eft de refter ici pour occuper la fcène,
Et pour parler tout feul pendant qu'ils font abfents.

SCÈNE IX.

GILOTIN, MARGOTINE.

MARGOTINE.

JE voudrois prévenir l'effet de leur colère,
Où sont-ils? en quels lieux ont-ils porté leurs pas?
Ah, mon cher Gilotin! empêche-les....

GILOTIN.

Non pas.
Ils sont libres, Madame, il faut les laisser faire.

MARGOTINE.

O mon cher Muscadin! je crains que nos amours
Ne fassent mon malheur en abrégeant tes jours.

GILOTIN.

Ce seroit triste aussi; mais, divine Princesse,
Il faut vous consoler, car enfin la tristesse
Flétriroit....

MARGOTINE.

Tes conseils excitent mes mépris.
Laisse-moi.... Qui pourroit dissiper mes ennuis?...
J'apperçois Fouilleaupot, Confident de son Maître....
Mais ses pleurs disent tout, & me font trop connoître...

Allant à Fouilleaupot.

Dis-moi si Muscadin...

SCENE X.

LES MEMES, FOUILLEAUPOT.

FOUILLEAUPOT.

Un jour ſi malheureux
Eſt le dernier des jours de ce Cuiſtre trop tendre.

MARGOTINE.

Il eſt mort.

FOUILLEAUPOT.

Pas encor : mais il ne vaut pas mieux.
Liſez-vous bien ?

MARGOTINE.

Pourquoi ?

FOUILLEAUPOT.

C'eſt que je dois vous rendre
Un chiffon de papier qu'il a tracé pour vous.

MARGOTINE.

Que ferois-je ? grands Dieux !

FOUILLEAUPOT.

Prenez ce billet doux ;
Ce petit brimborion, hélas ! va vous l'apprendre.

MARGOTINE.

Liſons.

„ Ma chère Margotine, la lardoire de Gloutonot vous
„ prive pour jamais de votre Amant. Mais j'eſpère en-
„ core vous voir avant de m'embarquer dans la Galiote
„ à Caron. Je ne puis vous en dire davantage. Un autre

„ Amant à ma place vous diroit pour s'excuſer que les
„ forces lui manquent : pour moi, je vous avouerai bon-
„ nement que c'eſt que je n'ai plus d'encre dans mon
„ écritoire. Quant au combat, ce récit regarde Fouil-
„ leaupot, c'eſt l'ouvrage d'un Confident, je m'en rapporte
„ au mien.

      Allons, parlez, je vais vous écouter.

        FOUILLEAUPOT.

Princeſſe, excuſez-moi, c'eſt trop triſte, & je n'oſe.

        MARGOTINE.

Je vous ordonne au moins d'en dire quelque choſe.

        FOUILLEAUPOT.

Que dirois-je ? grands Dieux ! & par où débuter ?

      Il touſſe, il crache, il ſe mouche.

Phébus, lance ici-bas un regard de tendreſſe :
Guide le plus craintif de tous les Confidents,
Soutiens ſa foible voix, qu'il puiſſe avec adreſſe
Peindre le grand Combat de deux grands Combattants.
Ce début n'eſt pas mal, écoutez donc le reſte.
Je vais vous commencer cet accident funeſte
Par le commencement pour finir par la fin.
Figurez-vous d'abord voir ici le terrein.
Ils arrivent tous deux, l'un & l'autre s'arrête :
La joie eſt ſur leur front, & la marmite en tête,
La lichefrite au bras, & la lardoire en main.
Ils font briller tous deux le feu de la colère,
Muſcadin que l'amour rendoit trop téméraire
S'élance avec fureur, mais il le fait en vain.
Le prudent Gloutonot évite ſon émule ;
Quand ſon rival avance, ... auſſi-tôt il recule.

Le triomphe, Madame, est long-temps incertain:
Nous attendions la fin d'un combat si funeste,
Lorsque mons Gloutonot à nos yeux étonnés
Renverse son rival qui tombe sur le nez....
Enfin de sa lardoire il lui perce la veste,
Insulte à son malheur, & prenant son essor,
Il avance, il recule, il fuit, & court encor.

MARGOTINE.

Parle vrai, Fouilleaupot, est-ce toute l'histoire?

FOUILLEAUPOT.

Oui, Madame, c'est tout, & vous pouvez m'en croire.

MARGOTINE.

Jusqu'ici c'est fort bien, mais je dois la finir,
Et comme sa Maîtresse il faut m'évanouir.
Soutiens-moi, je me meurs... Allons donc du courage.
Tu me laisses tomber.

Elle apperçoit Gloutonot, elle pousse un cri, & s'évanouit une seconde fois.

SCENE XI.

LES MEMES, GLOUTONOT échevelé comme un homme qui sort du combat.

GLOUTONOT.

Que vois-je?

MARGOTINE d'une voix foible, & sans le regarder.

Ton ouvrage.

GLOUTONOT.

Ma chère Margoton, jette les yeux sur moi,

Et crois que Gloutonot ne vivra que pour toi....
Elle ne répond pas. Hélas! sur sa figure
J'entrevois de la mort la funeste peinture.
Dieux! n'avez-vous permis que je sois le vainqueur
Que pour me dérober le prix de ma valeur.
Ciel! elle va mourir.

GILOTIN.

Elle en a bien la mine.

GLOUTONOT.

Cher Fouilleaupot, courez, volez à la cuisine,
La bouteille au vinaigre est proche du fourneau,
Prenez-la promptement...

FOUILLEAUPOT.

Je ne ferai qu'un saut.

Il sort.

GILOTIN.

Je crains bien qu'en mes bras la Dame ne trépasse.
Ses yeux tournent, Seigneur, elle fait la grimace.
Ah! si Fouilleaupot tarde à lui rendre ce soin,
Je crois que Margoton n'en aura plus besoin.

FOUILLEAUPOT *la bouteille à la main.*

La voilà! *

MARGOTINE *revenant à elle.*

Muscadin a donc perdu la vie.

FOUILLEAUPOT.

Il s'est sacrifié; pour que la Tragédie
Finisse heureusement, il falloit qu'il mourût.
Que vouliez-vous qu'il fît encore?

---

* Gloutonot prend du vinaigre dans sa main, Fouilleaupot &
Gilotin en font autant, & ils la débarbouillent tous les trois.

C

MARGOTINE.

Qu'il vécût.

GLOUTONOT baifant fa main.

Princeffe, pardonnez...

MARGOTINE.

Que fais-tu, téméraire ?

Redoute , Gloutonot, ma trop jufte colère.

GLOUTONOT.

Eh bien ! fi ma douleur ne peut vous attendrir,
Vengez fur un Amant malheureux & coupable
Tous les crimes affreux dont ma main fut capable.

Il lui préfente fon couteau.

MARGOTINE.

Je te méprife trop pour vouloir te punir ;
Mufcadin, ce couteau fçaura nous réunir.

Elle va pour fe frapper.

Margoton, tu frémis !.. mon efpérance eft vaine.

Elle recommence plufieurs fois & s'arrête.

Cela fait trop de mal... Remets-le dans fa gaîne.
Ciel ! qu'entends-je ? quel bruit ! que vois-je ? un revenant ?
Mais non, c'eft bel & bien mon cher & tendre Amant.
Chère ombre, que veux-tu ? tu feras fatisfaite.
Oui, je le jure, ordonne ; eh bien ?

GILOTIN.

Elle eft muette.

MARGOTINE.

N'importe, Mufcadin, je t'entends, j'obéis.
Et toi, vil féducteur, crains tout, tremble & frémis.
Puiffent les Marmitons & toute la cuifine
T'embrocher à mes yeux, & venger Margotine ;

Puiſſent-ils t'aſſommer de la cuiller à pot,

Puiſſé-je voir ton corps... Mais je m'échauffe trop,

Et mon emportement paſſe la raillerie.

Reprenons mon ſang froid, & ceſſons nos fureurs,

Elles ne rendront point Muſcadin à la vie.

Heureuſe, que je puiſſe encor malgré mes pleurs

Crier d'un ſi bon ton & conter mes douleurs.

GLOUTONOT.

Voyez mon repentir, accordez-moi ma grace;

J'embraſſe vos genoux, Princeſſe...

MARGOTINE.

Lève-toi.

Que vois-je?

GLOUTONOT.

Il vit encor!

MARGOTINE.

Gare donc que je paſſe.

SCENE XII. ET DERNIERE.

LES MEMES, ET MUSCADIN ſur un lit porté
par des Marmitons. Ce lit eſt orné avec
tous les uſtenſiles de cuiſine.

FOUILLEAUPOT.

Il veut avant ſa mort vous rendre votre foi.

GILOTIN.

Il le doit, c'eſt dans l'ordre.

MARGOTINE.

O ſpectacle funeſte!

Du plus grand des Zéros voilà ce qui me reste.

MUSCADIN.

Je viens prêt de quitter les triftes porcherons
Me charger pour jamais de vos commiffions.
Adieu, mes chers Amis, il faut plier bagage;
Mais je dois fupporter mes maux avec courage.
J'ai fait, jufqu'au moment qui me plonge au tombeau,
Expirer des poulets fous ce foible couteau.
Maintenant c'eft mon tour, on venge la volaille;
Il faut bien que je parte, & qu'un chacun s'en aille.
Retenez tous vos pleurs, j'ai mérité mon fort.
Puifliez-vous, Marmitons, profiter de ma mort!..
Avant de vifiter les funeftes abymes,
Je veux, mes chers Amis, réparer tous mes crimes,
Et que l'on dife ici qu'un Maître Cuifinier
Tué par fon rival fit grace à ce guerrier.
Il me faut promptement abandonner ce gîte,
Et de ce monde-ci déloger au plus vîte.
Dans ces derniers moments approchez-vous, Margot,
Ordonnez qu'à l'inftant on m'apporte un gigot.
Qu'on fe dépêche, hélas! de l'ôter de la broche,
Je fens que je me meurs & que ma fin approche,
Je veux faire en partant une belle action,
Mourons, puifqu'il le faut. ... mais d'indigeftion.

Gilotin va pour fortir.

Arrête, Gilotin, je crois que ma bleffure
Ne me laifferoit pas le loifir de manger.
Arrête, ufons plutôt du temps que la nature
Me laiffe pour vous voir & pour verbiager.

GLOUTONOT.

Ah, mon cher Muscadin !

MARGOTINE.

Digne objet de ma flamme !

MUSCADIN.

Laissez-moi donc tout dire avant de rendre l'ame.
En vain vous voudriez retarder ce moment,
La Pièce doit finir, il faut un dénouement.
Mourrons, de cet arrêt en vain mon cœur soupire,
Puisque je suis en scène il faut bien que j'expire.
Je serois le prémier qu'on eût vu jusqu'ici
Pour expirer en paix s'en retourner chez lui.
Restons donc en ces lieux, c'est un peu moins commode,
Mais c'est plus théatral, plus sublime, plus grand.
Pour la dernière fois suivons encor la mode.

A Margot.

Et toi, songe toujours au plus fidèle Amant;
Adieu... Qu'un tel adieu me tourmente & m'afflige !
Il faut nous séparer... nous séparer? que dis-je?

Il se relève.

Et je le souffrirois!.. non ventrebleu, non, non.
Un tel ordre pour moi n'est plus qu'une chanson.
Oui, que la mort paroisse, & mes feux, mon courage
De ma lardoire encor sçauront bien faire usage:
Soutenu par l'amour je puis braver la mort.
La gloire se présente, elle m'attend, j'y vole....

Il traverse le Théatre.

Pardon, pour un mourant je parle un peu trop fort,
Je reconnois ma faute, & je reprends mon rôle.

Il se remet sur le lit.

Je renonce humblement à cet honneur nouveau;
Que fert l'ambition fur le bord du tombeau!

GILOTIN.

Cependant...

MARGOTINE.

Gardez-vous d'aller le contredire.

MUSCADIN.

Tu pleures, Gilotin? mon cœur ne peut fouffrir...

GILOTIN.

C'eft la prémière fois que je vous vois mourir.

MUSCADIN.

Je te crois... à préfent je n'ai plus rien à dire,
Margoton, baife-moi, je me meurs, je fuis mort.

Il expire.

MARGOTINE.

Il a dit vrai. Grands Dieux! que réfoudre? que faire?..
Imitons mon Amant, & partageons fon fort...

Elle va pour fe frapper.

Quoi? l'on ne retient pas cette main meurtrière?
Il faut donc me frapper... Adieu.

Elle fe tue & tombe à la droite de Mufcadin.

FOUILLEAUPOT.

C'eft un peu fort.

GLOUTONOT *regardant Mufcadin & Margotine.*

Ils font partis tous deux... J'ai perdu ma Maîtreffe,
Ergo je dois mourir pour prouver ma tendreffe,
C'eft la règle entre amant. Suivons-les.

Il fe tue & tombe à la gauche de Mufcadin.

GILOTIN.

A mon tour.

Oui, je veux pour jamais m'illuftrer en ce jour,
Et me tuer auffi pour couronner la Pièce.
Hélas! puiffe ma mort être utile à l'Auteur,
C'eft là mon dernier vœu, je me frappe & je meurs.

Il fe tue & tombe auprès de Margotine.

FOUILLEAUPOT.

Refterois-je tout feul?.. Permets que je te fuive,
Gilotin; chers amis, je vais vous retrouver.

Il va pour fe frapper & s'arrête.

Mais non, mauvais calcul, il vaut mieux que je vive,
Et que je refte au moins pour vous faire enterrer. *

FIN.

---

* Tous les morts fe relèvent peu à peu, & faluent le Public.

www.ingramcontent.com/pod-product-compliance
Lightning Source LLC
Chambersburg PA
CBHW061631180626
46818CB00005B/2330